I0680043

ALMANACH

DE

VICTOR HUGO

PAR

LOUIS ULBACH

AVEC UN BEAU PORTRAIT DE VICTOR HUGO

PARIS

CALMANN LÉVY, ÉDITEUR

ANCIENNE MAISON MICHEL LÉVY FRÈRES

3, RUE AUBER, 3

1885

ALMANACH

DE

VICTOR HUGO

PRÉFACE

Il y a plus d'un an, un de mes amis,
M. Jules Lermina, me suggéra l'idée d'un calendrier de Victor Hugo, comptant chacun des
jours de l'année par une œuvre littéraire, poétique, dramatique, ou par un acte important.
Nous avions ébauché ensemble ce projet. Je l'ai
repris, achevé et offert au *Figaro*, pour qu'il fût
publié à l'occasion de l'anniversaire du 26 fé-
vier.

Il m'a semblé que la plus grande louange à
décerner à ce travailleur infatigable, à ce vain-
queur, c'était de faire défiler devant lui, non
plus une foule, mais ses filles, ses victoires.

Le défilé pouvait être plus nombreux et

durer plus d'une année. Ce fut la difficulté de ma tâche de faire tenir dans le cadre de douze mois la nomenclature de labeurs qui emplissent déjà près des trois quarts d'un siècle. — Certaines dates, notamment celle de la naissance du poète, le 26 février, et celle de son effroyable deuil paternel, le 4 septembre, auraient fourni des colonnes entières. — J'ai dû choisir. Je crois cependant n'avoir rien omis d'essentiel et toutes les dates sont contrôlées avec soin.

Mon travail fait, j'ai écrit à Victor Hugo:

Cher Maître,

Je vous prépare un gros bouquet pour le jour anniversaire de votre naissance.

Je devrais vous en faire la surprise. Mais j'aime mieux être certain de ne pas vous déplaire que d'avoir la certitude de vous étonner.

Le *Figaro* publiera le 26 février le *Calendrier de Victor Hugo,* c'est-à-dire que chaque jour de l'année, depuis le 1er janvier jusqu'au 31 décembre, sera marqué par une œuvre ou un acte **de** vous ou un événement vous intéressant.

Ce sera l'histoire par date de votre génie et de votre cœur ; ce sera aussi l'histoire du siècle, résumée en une année immortelle.

Voilà le gros bouquet que j'ai cueilli dans vos œuvres. Je ne pouvais chercher ailleurs des fleurs plus dignes de vous, et plus sûrement immortelles.

Recevez, cher Maître, l'assurance de mon admiration aussi fidèle que mon amitié.

LOUIS ULBACH

JANVIER

1 — 1833 — Victor Hugo compose la pièce des
Chants du Crépuscule :
Puisque j'ai mis ma lèvre à ta coupe encor pleine...

2 — 1823 — Préface de la première édition de
Han d'Islande.

3 — 1863 — Première représentation des *Misé-*
rables aux Galeries Saint-Hubert à Bruxelles, pièce
composée par Ch. Hugo.

4 — 1845 — La pièce des *Contemplations:*
Pure innocence ! Vertu sainte !
O les doux sommets d'ici-bas !
Où croissent sans ombre et sans crainte,
Les deux palmes des deux combats !

5 — 1826 — Préface de la première édition de
Bug-Jargal.

6 — 1835 — « L'Enfance » *(Contemplations)* :
L'enfant chantait: la mère au lit exténuée,
Agonisait, beau front dans l'ombre se penchant:
La mort au-dessus d'elle errait dans la nuée ;
Et j'écoutais ce râle, et j'entendais ce chant.

. . . .

7 — 1841 — Élection de Victor Hugo à l'Académie française par 17 voix contre 15.

Il s'était présenté en 1836 ; on lui avait préféré M. Dupaty.

Il se présenta en 1839 ; on lui préféra M. Molé.

Il se présenta de nouveau en 1840, on lui préféra M. Flourens.

En 1841 on ne lui préféra personne.

8 — 1872 — Lettre au peuple de Paris, le lendemain d'une élection :

« Le suffrage universel a beau avoir des éclipses, il est l'unique mode de gouvernement : le suffrage universel, c'est la puissance, bien supérieure à la force. »

9 — 1852 — Il est compris dans le décret d'expulsion contre 79 ex-représentants qui ont combattu le coup d'État :

Il dit à ce propos :

» Les vaincus sont une cendre, la destinée souffle dessus et les disperse. »

10 — 1854 — Lettre aux habitants de Guernesey à propos d'une condamnation à mort.

11 — 1840 — Victor Hugo écrit la pièce *des Rayons et des Ombres* :

> Dieu qui sourit et qui donne
> Et qui va vers qui l'attend,
> Pourvu que vous soyez bonne,
> Sera content

12 — 1828 — Victor Hugo écrit la chasse du Burgrave *(Odes et ballades)* :

> Daigne protéger notre chasse,
> Châsse
> De Monseigneur saint Godefroi
> Roi !

. . . .

Dans l'édition complète de ses œuvres, Victor Hugo dit en note :

« Le sujet de cette ballade, peut-être trop gothique de forme, est emprunté au *Recueil des traditions des bords du Rhin.* »

13 — 1848 — Discours à la Chambre des pairs, à propos de la discussion de l'adresse en réponse au discours de la Couronne.

Victor Hugo fait l'éloge de Pie IX libéral :

« Oui, j'y insiste, un Pape qui adopte la Révolution française, qui en fait la révolution chrétienne, et qui la mêle à cette bénédiction qu'il répand du haut du balcon du Quirinal sur Rome et l'Univers, *urbi et orbi,* un Pape qui fait cette chose extraordinaire et sublime, n'est pas seulement un homme, il est un événement. »

14 — 1834 — Réponse à un acte d'accusation *(Contemplations)* :

Donc, c'est moi qui suis l'ogre et le bouc émissaire,
Dans ce chaos du siècle où votre cœur se serre,
J'ai foulé le bon goût et l'ancien vers françois
Sous mes pieds, et, hideux, j'ai dit à l'ombre : Sois !
Et l'ombre fut. — Voilà votre réquisitoire.
Langue, tragédie, art, dogmes, Conservatoire,
Toute cette clarté s'est éteinte, et je suis
Le responsable, et j'ai vidé l'urne des nuits.
De la chute de tout, je suis la pioche inepte,
C'est votre point de vue. Eh bien, soit : je l'accepte.

15 — 1831 — Victor Hugo termine *Notre-Dame-de-Paris.*

On lit dans le manuscrit de *Notre-Dame-de-Paris* la note suivante :

» J'ai écrit les trois ou quatre premières pages de *Notre-Dame-de-Paris*, le 25 juillet 1830. La Révolution de Juillet m'interrompit. Puis ma chère petite Adèle vint au monde. (Qu'elle soit bénie !) Je me remis à écrire *Notre-Dame-de-Paris*, le 1er septembre, et l'ouvrage fut terminé le 15 janvier 1831. »

16 — 1845 — Il répond, comme directeur de l'Académie française, au discours du récipiendaire Saint-Marc-Girardin.

17 — 1834 — Pièce des *Contemplations :*

Le poème éploré se lamente; le drame
Souffre et par vingt acteurs répand à flots son âme,
Et la foule accoudée un moment s'attendrit,
Puis reprend : — Bah ! l'auteur est un homme d'esprit
Qui, sur de faux héros lançant de faux tonnerres,
Rit de nous voir pleurer leurs maux imaginaires !
Ma femme, calme-toi ; sèche tes yeux, ma sœur.
La foule a tort ; l'esprit c'est le cœur, le penseur
Souffre de sa pensée et se brûle à sa flamme.

18 — 1876 — Victor Hugo, nommé délégué aux élections sénatoriales le 16, adresse, le 18, une lettre aux délégués des 30,000 communes de France. Exhortations à la paix, à l'union.

19 — 1830 — Victor Hugo écrit *(Journal d'un révolutionnaire de 1830):*

« La chose la plus remarquable de ce mois-ci, c'est cet échantillon de style de tribune. La phrase a été textuellement prononcée à la Chambre des députés par un des principaux orateurs : »

... *C'est proscrire les véritables bases du lien social.*
On a toujours pensé que ce grand orateur était Berryer.

5

20 — 1876 — Obsèques de Frédérick Lemaître :
Victor Hugo sollicité de prendre la parole trace en
quelques mots le rôle et définit la gloire des
comédiens. Il dit de Frédéric :

« Les autres acteurs, ses prédécesseurs, ont repré-
senté les rois, les pontifes, les capitaines, ce que
l'on appelle les héros, ce qu'on appelle les dieux ;
lui, grâce à l'époque où il est né, il a été le
peuple ! »

21 — 1862 — Lettre à un Belge, au sujet de neuf
condamnés à mort à Charleroi ; une commutation
eut lieu : sept têtes, sur neuf, furent sauvées.

22 — 1814 — Le général Hugo, père de V. Hugo,
commandant la garnison de Thionville, fait une
sortie victorieuse qui dégage la place.

23 — 1824 — Le « Chant de l'Arène » (*Odes et ballades*).

24 — 1824 — Le « Chant du Cirque » (*Odes et ballades*).

25 — 1832 — Première représentation de *Han d'Islande*, à l'Ambigu-Comique ; mélodrame en trois
actes, par Octo et Palmir, divertissement par
Théodore...
Ce fut un succès.

26 — 1853 — « Ibo » *(Contemplations)* :

. . . .
>   Je suis le poète farouche,
>   L'homme-devoir,
>   Le souffle des douleurs, la bouche
>   Du clairon noir.

27 — 1871 — Pièce sur « la Capitulation de Paris »
(L'Année Terrible).

28 —. 1828 — Mort du général Hugo. Il était venu
a Paris pour le mariage de son fils Abel. Il fut
frappé d'apoplexie. Il a écrit des livres intéres-
sants sur la guerre de Vendée, un traité des places
fortes.

29 — 1849 — Discours à l'Assemblée constituante
en faveur de la dissolution.

30 — 1876 — Victor Hugo fut nommé membre du
Sénat, voici l'ordre des élus d'après le chiffre des
suffrages.
1er Freycinet, 2e Tolain, 3e Hérold, 4e Victor Hugo,
5e Alp. Peyrat.

31 — 1821 — Publication dans un recueil du temps
de « la Fille d'O Taïti » *(Odes et ballades)*.

———

FÉVRIER

1 — 1819 — Victor Hugo écrit dans le *Journal d'un jeune Jacobin de 1819* :

« Ce que je veux, c'est ce que tout le monde veut, ce que tout le monde demande, c'est-à-dire les pouvoirs pour le Roi, et des garanties pour le Peuple. » (*Fantaisie.*)

2 — 1833 — Première représentation de *Lucrèce Borgia* à la Porte-Saint-Martin.

Lucrèce Borgia était le premier drame en prose de Victor Hugo.

3 — 1879 — Publication illustrée de *Napoléon le Petit.*

4 — 1819 — Victor Hugo écrit :

« L'autre jour je trouvais dans *Cicéron* ce passage :

« — Et il faut que l'orateur, en toutes circonstances, sache prouver le pour et le contre : *In omni causa duas contrarias orationes explicari.* — Eh ! dis-je, c'est justement ce qu'il faut dans un

8

siècle où l'on a découvert deux sortes de conscience, celle du cœur et celle de l'estomac. »

(Littérature et philosophie mêlées.)

(Journal d'un jeune Jacobin.)

5 — 1819 — Victor Hugo, veillant sa mère malade,
composa à son chevet, dans la nuit du 5 au 6 février, son ode sur le rétablissement de la statue
de Henri IV.

Le sujet avait été mis au concours par l'Académie
des jeux floraux ; le poète obtint un lis d'or.

6 — 1869 — Adresse à l'Amérique pour l'appeler
au secours de la Crète. La pièce se termine
ainsi :

« Au dix-huitième siècle la France a délivré l'Amérique ; au dix-neuvième siècle, l'Amérique va
délivrer la Grèce, remboursement magnétique.

» Américains, vous étiez endettés envers nous de
cette grande dette la Liberté ! Délivrez la Grèce
et nous vous donnons quittance. Payer à la Grèce,
c'est payer à la France. »

(Hauteville-House, 6 février.)

7 — 1876 — Victor Hugo écrit au président de la
République, le maréchal Mac-Mahon, en faveur
d'un condamné politique qui doit partir pour la

9

Nouvelle-Calédonie le 1er mars. Comme les Chambres sont convoquées pour le 8 mars, Victor Hugo, qui espère l'amnistie, demande qu'on retarde d'un mois le départ.

La demande fut refusée.

8 — 1871 — Victor Hugo est élu député de Paris, à l'Assemblée nationale de Bordeaux, par 214,169 suffrages.

9 — 1870 — George Sand, qui avait écrit à Victor Hugo le compte rendu enthousiaste de la reprise le *Lucrèce Borgia*, à la Porte-Saint-Martin (2 février 1870), reçoit une réponse du poète, dans laquelle on lit :

« Votre lettre magnifique a été la bien venue. Ma solitude est souvent fort insultée... Je souris à l'injure ; mais devant la sympathie, devant l'adhésion, devant l'amitié, devant la cordialité mâle et tendre du peuple, devant l'applaudissement d'une ville comme Paris, devant l'applaudissement d'une femme comme George Sand, moi, vieux bonhomme pensif, je sens mon cœur se fondre ; c'est donc vrai que je suis un peu aimé. »

10 — 1820 — « Moïse sur le Nil » (*Odes et Ballades*).

Cette pièce, qui suivit la pièce sur le rétablissement
de la statue de Henri IV, valut au poète le grade
de maître es-jeux floraux. Le directeur de l'Académie de Toulouse, Alexandre Soumet, lui écrivait :

« Vos dix-sept ans ne trouvaient que des admira-
teurs, presque des incrédules. Vous êtes pour
nous une énigme dont les Muses ont le secret. »

11 — 1854 — Lettre à lord Palmerston, à propos
d'un condamné à mort, dont l'exécution soulève
une indignation générale à Guernesey. Sa lettre
est une protestation éclatante.

12 — 1833 — Victor Hugo publie la préface de
Lucrèce Borgia ; il explique sa théorie dramatique :

« Toutes les fois qu'il étalera les plaies de l'huma-
nité dans le drame, il tâchera de jeter, sur ce
que les nudités auraient de trop odieux, le
voile d'une idée consolante et grave. Il ne met-
tra pas Marion Delorme sur la scène, sans puri-
fier la courtisane avec un peu d'amour ; il donnera à Triboulet, le difforme, un cœur de père,
il donnera à Lucrèce, la monstrueuse, des entrailles de mère. »

13 — 1831 — Le roman de *Notre-Dame-de-Paris*, achevé le 15 janvier, paraît avec une préface.

14 — 1828 — Victor Hugo avait collaboré à une pièce, *Amy Robsart*, de Paul Foucher, son beau-frère, jouée sans succès à l'Odéon ; il écrivit, le 14 février, une lettre au *Journal des Débats*, pour réclamer sa part de responsabilité :

« Monsieur le rédacteur,

» Puisque la réussite d'*Amy Robsart*, œuvre d'un très jeune poète, dont les succès m'intéressent plus que les miens, a éprouvé une si vive opposition, je m'empresse de déclarer que je ne suis pas absolument étranger à cet ouvrage. Il y a dans ce drame quelques mots, quelques fragments de scène, qui sont de moi, et je dois dire que ce sont peut-être les passages qui on été les plus sifflés.

» Je vous prie instamment, Monsieur, de publier cette réclamation dans votre numéro de demain.

» Victor HUGO. »

Le manuscrit d'*Amy Robsart* a été donné à Alexandre Dumas père.

15 — 1843 — Pièce adressée à sa fille le jour de son mariage. *(Contemplations)* :

Aime celui qui t'aime et sois heureuse en lui.

Adieu, sois son trésor, ô toi qui fus le nôtre !

Va, mon enfant béni, d'une famille à l'autre.

Emporte le bonheur, et laisse-nous l'ennui.

Ici l'on te retient ; là-bas on te désire.

Fille, épouse, ange, enfant, fais ton double devoir.

Donne-nous un regret, donne-leur un espoir,

Sors avec une larme, entre avec un sourire !

Dans l'église.)

16 — 1820 — Le 15 février le duc de Berry avait été assassiné. Victor Hugo écrivit à cette occasion, le 16, l'ode qui est dans le volume des *Odes et ballades.*

17 — 1867 — Réponse à un appel des Crétois insurgés contre les Turcs.

18 — 1846 — Victor Hugo défend à la Chambre des pairs la propriété des œuvre d'art. Ce fut son premier discours.

19 — 1872 — Reprise solennelle de *Ruy-Blas* à l'Odéon, avec Sarah Bernhardt, Lafontaine, Geoffroy, Melingue, etc.

20 — 1874 — Mise en vente des trois volumes du Roman *Quatre-vingt-treize.*

En tête du manuscrit on lit :

« Je commence ce livre aujourd'hui 16 décembre 1872, je suis à Hauteville-House, Victor Hugo. »

21 — 1835 — Victor Hugo écrit la pièce qui commence par cette strophe :

Le grand homme vaincu peut perdre en un instant
Sa gloire, son empire, et son trône éclatant,
  Et sa couronne qu'on renie,
Tout, jusqu'à ce prestige à sa grandeur mêlé
Qui faisait voir son front dans un ciel étoilé ;
  Il garde toujours son génie. »

22 — 1821 — « Regret » *(Odes et ballades)* :

Oui le bonheur bien vite a passé dans ma vie ;
On le suit ; dans ses bras on se livre au sommeil ;
Puis, comme cette vierge aux champs crétois ravie,
  On se voit seul à son réveil.

23 — 1875 — Pour un soldat.

Victor Hugo réclame la vie en faveur d'un soldat condamné à mort pour insulte envers son supérieur :

La peine du soldat Blant fut commuée en cinq ans de prison.

24 — 1830 — *Le Journal des Débats,* à la veille de la représentation de *Hernani,* révèle les manœuvres de la censure, qui indique d'avance les endroits à siffler.

25 — 1830-1880 — Première représentation de *Hernani.*

Victor Hugo refuse la claque.

Cinquantenaire solennel célébré au Théâtre-Français.

26 — 1802 — **Naissance de Victor Hugo.**
Une quantité considérable d'œuvres, de pièces sont
datées de ce jour-là.

27 — 1881 — Triomphe de Victor Hugo. Deux cent
mille hommes défilent devant sa maison en l'ac-
clamant.

» — 1845 — Il avait répondu à l'Académie comme
directeur au discours de Saint-Beuve.

28 — 1870 — Publication illustrée de *Quatre-vingt-
treize.*

MARS

1 — 1871 — Discours à Bordeaux sur les prélimi-
naires de la paix :

« Il y aura désormais en Europe deux nations qui
seront redoutables ; l'une parce qu'elle sera victorieuse, l'autre parce qu'elle sera vaincue. »

M. Thiers : « C'est vrai !

M. Dufaure, ministre de la justice : « C'est très
vrai ! » (*Sensation.*)

2 — 1880 — Publication du premier volume de la
grande édition, *ne varietur*, des œuvres com-
plètes de V. Hugo.

3 — 1879 — M. Oudet, sénateur, maire de Besançon, propose au Conseil municipal, qui l'accepte
à l'unanimité, de mettre solennellement une
inscription sur la maison natale du poète.

4 — 1865 — Une commission est nommée en Italie
pour élever un monument à Beccaria. Victor Hugo
est invité à faire partie de la Commission. Il accepte et finit sa lettre ainsi :

« Élever la statue de Beccaria, c'est abolir l'écha-

faud. Si, une fois qu'elle sera là, l'échafaud sortait
de terre, la satue y rentrerait. »

5 — 1871 — Victor Hugo compose la pièce « l'A-
venir » dans *l'Année terrible.*

6 — 1871 — A l'Assemblée de Bordeaux. Question
de la rentrée à Paris :

« Au-dessus de vous, au-dessus de moi, au-dessus
de nous tous qui avons un mandat aujourd'hui
et qui n'en aurons pas demain, la France a un
immense représentant, un représentant de sa grandeur, de sa puissance, de sa volonté, de son histoire, de son avenir, un représentant permanent,
un représentant irrévocable ; et ce représentant
est un héros, et ce mandataire est un géant ; et
savez-vous son nom ? C'est Paris. »

7 — 1843 — Première représentation des *Burgraves.*

8 — 1871 — Victor Hugo défend Garibaldi à l'Assemblée de Bordeaux. M. de Lorgeril lui déclare
qu'il ne parle pas français.

9 — 1871 — Le Président de l'Assemblée lit la
lettre, écrite de la veille, dans laquelle Victor
Hugo donne sa démission de membre de l'Assemblée, en ces termes :

« Il y a trois semaines l'Assemblée a refusé d'entendre Garibaldi. Aujourd'hui elle refuse de m'entendre. Cela me suffit.

» Je donne ma démission. »

» VICTOR HUGO. »

10 — 1846 — Discours à la Chambre des Pairs en faveur de la Pologne.

11 — 1825 — Victor Hugo écrit la pièce le « Géant » (*Odes et Ballades*) :

O guerriers je suis né dans le pays des Gaules,
Mes aïeux franchissaient le Rhin comme un ruisseau.
Ma mère me baigna dans la neige des pôles
Tout enfant, et mon père aux robustes épaules
De trois grandes peaux d'ours décora mon berceau.

12 — 1866 — Publication des *Travailleurs de la mer*.

13 — 1871 — Mort de Charles Hugo.

14 — 1878 — Publication de la troisième partie de l'*Histoire d'un crime*.

15 — 1832 — Préface du *Dernier jour d'un condamné*.

16 — 1869 — Victor Hugo écrit à madame Valentine de Cessiat, à propos de la mort de Lamartine, la lettre suivante :

« Hauteville-House, 16 mars 1869.

» Madame,

» Depuis 1821, j'étais étroitement uni de cœur avec Lamartine. Cette amitié de cinquante ans subit aujourd'hui l'éclipse momentanée de la mort. Je n'ai pas voulu, dans les premiers moments, importuner votre douleur des sympathies de la mienne, mais à cette heure, vous me permettrez, n'est-ce pas, Madame, de vous dire, à vous qui lui teniez par le sang, à vous qui l'aimiez et qu'il aimait, mon deuil profond.

» Toutes les formes de la gloire, depuis la popularité jusqu'à l'immortalité, Lamartine les a : radieux poète, orateur puissant et durable. Il nous semble mort, il ne l'est pas. Lamartine n'a pas cessé de rayonner. Il a désormais un double rayonnement; dans notre littérature, où il est esprit, et dans la grande vie inconnue, où il est étoile.

» Je mets à vos pieds mes respects. »

17 — 1821 — Victor Hugo compose l'ode: « Le poète dans les Révolutions. » Elle finit par cette strophe, que le poète a justifiée :

Qu'un autre au céleste martyre
. Préfère un repos sans honneur !
La gloire est le but où j'aspire;

On n'y va point par le bonheur.
L'alcyon, quand l'Océan gronde,
Craint que les vents ne troublent l'onde
Où se berce son doux sommeil.
Mais pour l'aiglon fils des orages,
Ce n'est qu'à travers les nuages.
Qu'il prend son vol vers le soleil!

(*Odes et ballades.*)

18 — 1871 — Obsèques de Charles Hugo.

19 — 1866 — Lettre de l'exil à Clément Duvernois sur la liberté, on lit :

« J'ai écrit : le jour où la liberté rentrera, je rentrerai ; j'attends la liberté avec une grande patience personnelle, une grande impatience nationale. »

20 — 1878 — Emilio Castelar publie en Espagne une préface à l'*Histoire d'un Crime*.

21 — 1876 — Victor Hugo dépose au Sénat une proposition d'amnistie.

22 — 1878 — Première représentation des *Misérables* à Paris, à la Porte-Saint-Martin.

23 — 1820 — Victor Hugo écrit un article sur l'assassinat du duc de Berry. Il ne l'avait pas signé; il l'avait publié dans un recueil oublié; il le réimprima dans *Littérature et philosophie mêlées*,

pour montrer le fanatisme d'un jacobin de dix-
neuf ans. Il a dit lui-même de ce morceau : « La
douleur va jusqu'à la rage, l'éloge jusqu'à l'apo-
théose, l'exagération dans tous les sens jusqu'à
la folie. »

Peu d'hommes réimprimeraient leurs premières
œuvres, pour se donner le plaisir de les juger
ainsi.

24 — 1832 — Nouvelle préface de *Bug Jargal*.

25 — 1843 — Préface des *Burgraves*.

26 — 1822 — Ode à Bonaparte. *(Odes et Ballades):*

> Un sang royal teignit la pourpre usurpatrice ;
> Un guerrier fut frappé par ce guerrier sans foi.
> L'anarchie à Vincenne admira son complice,
> Au Louvre elle adora son Roi.

27 — 1863 — Lettre aux membres d'un meeting à
Jersey, pour la Pologne.

. . . .

« L'assassinat d'une nation est impossible, le droit
c'est l'astre ; il s'éclipse, mais il reparaît. La
Hongrie le prouve, la Pologne le prouvera. »

. . . .

28 — 1842 — Vers écrits au bas d'un crucifix :

> Vous qui pleurez, venez à ce Dieu, car il pleure ;
> Vous qui souffrez, venez à lui, car il guérit.

Vous qui tremblez, venez à lui, car il sourit.
Vous qui passez, venez à lui, car il demeure.

(Contemplations.)

29 — 1875 — Obsèques d'Edgar Quinet.

... Voici comment Victor Hugo jugeait l'écrivain :

« Le poète en lui s'ajoutait à l'historien. Ce qui caractérise les vrais penseurs, c'est un mélange de mystère et de clarté. Ce don profond de la pensée entrevue, Quinet l'avait. On sent qu'il pense, pour ainsi dire, au delà même de la pensée... »

30 — 1869 — A l'écrivain de *la Cloche,* condamné pour avoir manqué de respect à l'Empire, Victor Hugo écrit :

« Cette lettre vous parviendra-t-elle? Je suis indigné et cependant content. Cette condamnation inouïe est une victoire de plus. Six mois! C'est affreux. Je vous les rachèterais volontiers, avec quelques années d'exil de plus pour moi; j'ai l'habitude de ma solitude et de mon préau. »

31 — 1860 — Lettre à un rédacteur de Port-au-Prince, sur la mort de John Brown et sur les titres des noirs à la fraternité humaine.

AVRIL

1 — 1835 — Pièce des *Voix intérieures* :
Un grand château du temps de Louis treize....

2 — 1874 — Publication, à très grand nombre, de l'édition illustrée de *l'Année terrible*.

3 — 1862 — Publication des premiers volumes des *Misérables*.

4 — 1879 — Première représentation au Théâtre-Français de *Ruy-Blas*.

5 — 1850 — Grand discours à la Chambre sur la déportation, qui donne lieu à l'incident suivant :

« Victor Hugo : — ... Cet homme politique, ce condamné, ce criminel selon les uns, ce héros selon les autres, car c'est là le malheur des temps...

» Le Président. — Quand la justice a prononcé, le criminel est criminel pour tout le monde et ne peut être un héros que pour ses complices.

» Victor Hugo. — Je ferai remarquer ceci à Monsieur le président Dupin : le maréchal Ney, jugé en 1815, a été déclaré criminel par la justice. Il est un héros pour moi, et je ne suis pas son complice. »

On se souvient que M. Dupin avait été défenseur du maréchal Ney.

6 — 1854 — Victor Hugo compose la pièce des *Contemplations*. « A la fenêtre pendant la nuit. »

7 — 1870 — Victor Hugo avait recueilli chez lui, à Guernesey, depuis plusieurs années, un exilé du 2 décembre, Hennett de Kesler; en 1870, dévoré par la nostalgie, Hennett mourait et Victor Hugo, au cimetière, lui disait, entr'autres paroles attendries :

« Adieu, mon vieux compagnon; tu vas donc vivre de la vraie vie! Tu vas aller trouver la justice, la vérité, la fraternité, l'harmonie et l'amour dans la sérénité immense. Te voilà envolé dans la clarté. Tu vas connaître le mystère profond de ces fleurs, de ces herbes que le vent courbe, de ces vagues qu'on entend là-bas, de cette grande nature qui accepte la tombe dans la nuit et l'âme dans la lumière. »

8 — 1855 — Quand l'empereur Napoléon III, après la guerre de Crimée, alla rendre visite à la reine Victoria, il put lire sur tous les murs de

Douvres, en débarquant, une proclamation de Victor Hugo, datée du 8 avril, qui protestait au nom de tous les proscrits.

9 — 1848 — Pièce des *Contemplations* intitulée : « Veni, vidi, vixi. »

> J'ai bien assez vécu puisque dans mes douleurs
> Je marche sans trouver de bras qui me secourent,
> Puisque je ris à peine aux enfants qui m'entourent,
> Puisque je ne suis plus réjoui par les fleurs.
>
> . . . .

10 — 1839 — La pièce des *Rayons et des Ombres* : « Sur un homme populaire. »

> O peuple, sous ce crâne où rien n'a pénétré,
> Sous l'auguste sourcil, morose et vénéré,
>   Du tribun et du cénobite,
> Sous ce front dont un jour les révolutions
> Feront, en l'entr'ouvrant, sortir les visions,
>   Une pensée affreuse habite.

11 — 1854 — Article de Montalembert sur *Notre-Dame de Paris*.

. . . .

On lit, après quelques réserves :

« Nous l'avouons, de tous les personnages de roman, celui qui a le plus complètement conquis notre prédilection, c'est le malheureux Quasimodo, qui est aussi, si je ne me trompe, l'objet de la prédilection de l'auteur. Il a raison; c'est bien la créature vraiment originale, vraiment poétique dans ce livre. Oui, c'est une pensée profondément chrétienne que celle de ce pauvre avorton, objet de tant de haine et de mépris, mais où Dieu a planté plus de vertu, plus de courage, plus de foi que dans toutes les belles créations qui l'environnent et le foulent aux pieds. »

14 — 1870 — Victor Hugo à Guernesey offre aux connétables de Saint-Pierre-Port des engins de sauvetage. Le capitaine Abraham Martin, maître du port, reçoit comme récompense de 45 sauvetages ces engins signés de Victor Hugo.

15 — 1872 — Funérailles d'Alexandre Dumas. Victor Hugo, ne pouvant y assister, écrit à Alexandre Dumas fils une lettre où on lit :

.   .   .   .

« Alexandre Dumas est un de ces hommes qu'on pourrait appeler des semeurs de civilisation; il assainit et améliore les esprits par on ne sait quelle clarté gaie et forte; il féconde les âmes, les cerveaux, les intelligences; il crée la soif de lire; il creuse le cœur humain et il l'ensemence. Ce qu'il sème c'est l'idée française. »

.   .   .   .

16 — 1864 — Centenaire de Shakespeare.

Des écrivains et des artistes français avaient l'idée
de célébrer le centenaire de Shakespeare, sous la
présidence de Victor Hugo.

Il accepta la présidence et termina sa lettre d'acceptation en ces termes :

« A Shakespeare et à l'Angleterre! A la réussite
définitive des grands hommes de l'intelligence
et à la communion des peuples dans le progrès
dans l'idéal ! »

Le gouvernement impérial interdit la fête de Shakespeare.

17 — 1884 — Lettre à M. Queyroy. — *Souvenir des
rues et des maisons de Blois* : détails d'histoire,
d'archéologie et de poésie.

18 — 1837 — Victor Hugo écrit la pièce des *Voix
intérieures* :
Ce siècle est grand est fort, un noble instinct le mène.

19 — 1825 — Par ordonnance royale, spéciale, qui
ne comprend que deux noms de poètes, Victor
Hugo est nommé chevalier de la Légion d'honneur
avec Lamartine.

20 — 1872 — Publication de *l'Année terrible.*

21 — 1837 — Victor Hugo écrit la pièce des *Voix intérieures* :

> Venez que je vous parle, ô jeune enchanteresse !
> Dante vous eût faite ange et Virgile déesse.
> Vous avez le front haut, le pied vif et charmant,
> Une bouche qu'entrouvre un bel air d'enjouement.
> Et vous pourriez porter fière, entre les plus fières,
> La cuirasse d'azur des antiques guerrières.

. . . .

22 — 1870 — Lettre datée de Guernesey sur la coalition des travailleurs en Amérique.

23 — 1848 — Victor Hugo obtient 59,446 suffrages pour l'Assemblée nationale, sans être élu : il ne le fut que le mois suivant avec 86,965 voix.

24 — 1830 — Le poète écrit la pièce des *Feuilles d'automne* :

> Un jour au mont Atlas, les collines jalouses...

. . . .

25 — 1869 — Lettre aux fondateurs du *Rappel*, conseils, exhortations et refus de collaboration directe.

26 — 1854 — Il écrit de Jersey à David d'Angers : « O mon sculpteur, un jour vous m'aviez mis une couronne sur la tête et je vous ai dit : « Pourquoi ? » Vous deviniez la proscription, je vous serre la main, poète du marbre. »

27 — 1870 — Le *Plébiscite*. — Victor Hugo conseille de voter *non* et termine ainsi sa lettre :

« Si l'auteur du Coup d'État tient absolument à nous adresser une question, à nous peuple, nous ne lui reconnaissons que le droit de faire celle-ci :

« Dois-je quitter les Tuileries pour la Conciergerie » et me mettre à la disposition de la justice?

» NAPOLÉON. »

« Oui.

« VICTOR HUGO. »

28 — 1835 — Première représentation d'*Angelo*.

29 — 1878 — Publication de la pièce *le Pape*.

30 — 1853 — Hugo écrit la pièce « l'Égout de Rome » *(Châtiments)*.

MAI

1 — 1865 — Centenaire du Dante.

Lettre de Victor Hugo au Gonfalonier de Florence.

. . . .

« L'Italie s'incarne en Dante Alighieri. Comme lui
elle est vaillante, pensive, altière, magnanime,
propre au combat, propre à l'idée. Comme lui,
elle amalgame, dans une synthèse profonde, la
poésie et la philosophie. Comme lui, elle veut la
liberté. Il a comme elle la grandeur qu'il met dans
sa vie, et la liberté qu'il met dans son œuvre. »

2 — 1835 — Victor Hugo écrit la pièce des *Contemplations* « Les Oiseaux » :

Je rêvais dans un grand cimetière désert ;
De mon âme et des morts j'écoutais le concert
Parmi les fleurs de l'herbe et les croix de la tombe.
Dieu veut que ce qui naît sorte de ce qui tombe.

. . . .

3 — 1820 — Victor Hugo obtient une fleur d'ama-
ranthe réservée, aux jeux floraux, pour sa pièce:
les Vierges de Verdun.

4 — 1849 -- Préface des *Rayons et des Ombres*.

5 — 1852 — Il termine l'*Histoire d'un Crime*.

6 — 1849 — Victor Hugo, dans une séance des cinq *Académies d'Art* et d'*Industrie*, rend compte de son mandat législatif: « Toute ma conduite politique depuis une année peut se résumer en un seul mot ; j'ai défendu énergiquement, résolument, de ma poitrine comme de ma parole, dans les douloureuses batailles de la vie, comme dans les luttes amères de la tribune ; j'ai défendu l'ordre contre l'anarchie, et la liberté contre l'arbitraire. »

7 — 1835 — Préface d'*Angelo*.

On lit :

« ... Au siècle où nous vivons, l'horizon de l'art est bien élargi. Autrefois le poète disait : le public : aujourd'hui le poète dit : le peuple. »

8 — 1829 — « A une Femme. » *(Feuilles d'automne):*

Enfant, si j'étais roi, je donnerais l'Empire
Et mon char et mon sceptre, et mon peuple à genoux
Et ma couronne d'or et mes bains de porphyre
Et mes flottes à qui la mer ne peut suffire
      Pour un regard de vous !

Si j'étais Dieu, la terre et l'air avec les ondes,
Les anges, les démons courbés devant ma loi
Et le profond chaos aux entrailles fécondes,
L'Éternité, l'espace, et les cieux et les mondes
      Pour un baiser de toi.

9 — 1881 — Le préfet de la Seine, Hérold, remet à Victor Hugo la copie du décret donnant le nom d'avenue *Victor-Hugo* à l'avenue d'Eylau.

10 — 1830 — « La Coccinelle. »

> Elle me dit : « Quelque chose
> Me tourmente, » et j'aperçus
> Son cou de neige et dessus
> Un petit insecte rose.

. . . .

(Contemplations.)

11 — 1830 — Pièces des *Feuilles d'automne* :

> Lorsque l'enfant paraît...

. . . .

Seigneur, préservez-moi, préservez ceux que j'aime,
Frères, parents, amis et mes ennemis même,
    Dans le mal triomphants
De jamais voir, seigneur ! l'été sans fleurs vermeilles,
La cage sans oiseaux, la ruche sans abeilles,
    La maison sans enfants.

12 — 1843 — « Lise. »

> J'avais douze ans, elle en avait bien seize :
> Elle était grande et moi j'étais petit ;
> Pour lui parler le soir plus à mon aise,
> Moi j'attendais que sa mère sortit ;
> Puis je venais m'asseoir près de sa chaise
> Pour lui parler le soir, plus à mon aise.

. . . .

(Contemplations.)

13 — 1828 — *Lazzara.*

. . . .

Certes, le vieux Omar, pacha de Négrepont
Pour elle eût tout donné, vaisseaux à triple pont,
    Foudroyantes artilleries,
Harnais de ses chevaux, toisons de ses brebis
Et son rouge turban de soie et ses habits
    Tout *ruisselants* de pierreries.

Un ami de Victor Hugo auquel il avait lu cette pièce, critiquait l'image *ruisselant de pierreries.*

— Pourquoi ne dirais-je pas ruisselant de pierreries, répondit Victor Hugo, puisqu'on dit : *rivière de diamants ?*

14 — 1877 — Publication de l'*Art d'être grand-père*

15 — 1827 — « La Demoiselle » (*Odes et Ballades*).

    Quand la demoiselle dorée
    S'envole au départ des hivers,
    Souvent sa robe diaprée,
    Souvent son aile est déchirée
    Aux mille dards des buissons verts,
    Ainsi, jeunesse, vive et frêle,
    Qui t'égarant de tous côtés,
    Voles où ton instinct t'appelle,
    Souvent tu déchires ton aile
    Aux épines des voluptés.

16 — 1856 — Acquisition de Haute-ville-House à Guernesey.

53

17 — 1836 — Pièce des *Voix intérieures :*

> Puisqu'ici-bas toute âme
> Donne à quelqu'un
> Sa musique, ou sa flamme
> Ou son parfum.

. . . .

18 — 1850 — Reprise d'*Angélo*, au Théâtre-Français.

Le rôle de la Tisbé qui avait été créé par mademoiselle Mars a été joué par mademoiselle Rachel.

19 — 1870 — Les journaux publient le discours prononcé par Victor Hugo, la veille, dans un banquet commémoratif de l'abolition de l'esclavage. Il avait dit : « Refaire une Afrique nouvelle, rendre la vieille Afrique maniable à la civilisation; tel est le problème, l'Europe le résoudra. »

20 — 1850 — Victor Hugo défend avec énergie le suffrage universel contre les promoteurs de la loi dangereuse qui devint la loi du 31 mai 1850.

21 — 1830 — Pièce des *Feuilles d'automne*, commençant par le vers :

Laissez, tous ces enfants sont bien là, qui vous dit?

. . . .

A la douzième strophe le poète écrit :

Moi, quel que soit le monde et l'homme et l'avenir,
Soit qu'il faille oublier ou se ressouvenir,
    Que Dieu m'afflige ou me console,
Je ne veux habiter la cité des vivants
Que dans une maison qu'une rumeur d'enfants
    Fasse toujours vivante et folle.

. . . .

22 — 1876 — Discours considérable au Sénat, en faveur de l'amnistie.

23 — 1850 — Réplique de Victor Hugo à Montalembert, qui avait essayé de prouver que le progrès dans les opinions était une félonie envers le premier sentiment.

24 — 1853 — La pièce des *Châtiments*, une des plus lyriques, intitulée : « Les Éblouissements. »

25 — 1875 — Publication illustrée des *Travailleurs de la mer*.

26 — 1856 — En réponse à une lettre de Mazzini, Victor Hugo adresse un appel à l'Italie, l'exhortant à se défier des rois qui veulent la délivrer.

27 — 1871 — Lettre de Victor Hugo à *l'Indépendance belge*, pour réclamer le droit de donner l'hospitalité aux proscrits de la Commune.

28 — 1871 — Émeute et brutalité de quelques belges contre la maison du poète, place des Barricades.

29 — 1825 — Victor Hugo, avec Lamartine, assiste au sacre de Charles X à Reims.

30 — 1871 — Arrêté du roi Léopold qui expulse Victor Hugo.

31 — 1871 — Pièce de l'*Année Terrible :* « Expulsé. »

« Il est enjoint au sieur Hugo, de par le Roi,
De quitter le royaume, » et je m'en vais. Pourquoi?
Pourquoi? mais c'est tout simple, amis, je suis un homme,
Qui, lorsque l'on dit « tue », hésite à dire « assomme ».

JUIN

1 -- 1829 — Victor Hugo commence *Marion de Lorme*, qu'il termine le 24 du même mois.

2 — 1841 — Réception de Victor Hugo à l'Académie française. Il fait l'éloge de Népomucène Lemercier. Salvandy lui répond.

3 — 1871 — La pièce « le Deuil », dans *l'Année Terrible*, est écrite à Vianden.

Charle! Charle! ô mon fils! quoi donc! tu m'as quitté.
           Ah! tout fuit! rien ne dure!
Tu t'es évanoui dans la grande clarté
           Qui pour nous est obscure.

. . . .

Aujourd'hui, je n'ai plus de tout ce que j'avais
           Qu'un fils et qu'une fille;
Me voilà presque seul dans cette ombre où je vais.
           Dieu m'ôte la famille.

4 — 1864 — Victor Hugo commence les *Travailleurs de la Mer*, terminés le 29 avril 1865.

6 — 1848 — Élu représentant à l'Assemblée Constituante.

37

6 — 1871 — Pièce de *l'Année Terrible* : « La Prisonnière », écrite à Vianden.

7 — 1879 — Première représentation, au Théâtre des Nations, de *Notre-Dame-de-Paris*, par Paul Foucher.

8 — 1828 — « L'Enfant » *(Orientales)*.

Veux-tu pour un sourire un bel oiseau des bois
Qui chante avec un chant plus doux que le hautbois,
        Plus éclatant que les cymbales?
Que veux-tu? fleur, beau fruit, ou l'oiseau merveilleux?
« Ami, dit l'enfant grec, dit l'enfant aux yeux bleus,
        Je veux de la poudre et des balles. »

9 — 1883 — Publication de la troisième et dernière partie de *la Légende des siècles*.

10 — 1876 — Obsèques de George Sand. Les obsèques de George Sand eurent lieu à Nohant. M. Paul Meurice a lu sur la tombe le discours de Victor Hugo, qui commençait ainsi :

« Je pleure une morte et je salue une immortelle.

» Je l'ai aimée, je l'ai admirée, je l'ai vénérée. Aujourd'hui, dans l'auguste sérénité de la mort, je la contemple.

» Je la félicite parce que ce qu'elle a fait est grand, et je la remercie parce que ce qu'elle a fait est

bon. Je me souviens qu'un jour je lui ai écrit :
« Je vous remercie d'être une si grande âme. »

11 — 1851 — Victor Hugo défend son fils Charles
devant la Cour d'assises, à propos d'un article sur
la peine de mort.

Victor Hugo, dans la péroraison de son discours,
s'écrie :

« Mon fils, tu reçois aujourd'hui un grand honneur, tu as été jugé digne de combattre, de
souffrir peut-être, pour la sainte cause de la
vérité. A dater d'aujourd'hui, tu entres dans la
véritable vie virile de notre temps, c'est-à-dire
dans la lutte pour le juste et le vrai. Sois fier,
toi qui n'es qu'un simple soldat de l'idée humaine et démocratique, tu es assis sur ce banc
où s'est assis Béranger, où s'est assis Lamennais. »

Charles Hugo fut condamné à six mois de prison.

12 — 1852 — Victor Hugo commence *Napoléon le
Petit*, achevé le 14 juillet.

La bouteille d'encre qui servit à écrire ce livre
portait cette mention :

> De cette bouteille sortit
> Napoléon le Petit.

V. H.

Elle fut donnée au docteur Yvan, qui la sollicita, et offerte par lui au prince Napoléon, qui l'a gardée.

13 — 1839 — Victor Hugo compose la pièce des *Rayons et les Ombres,* intitulée le « 7 août ». C'est le récit de son entrevue avec Charles X, à propos de l'interdiction de *Marion de Lorme.*

14 — 1847 — Victor Hugo prononce à la Chambre des Pairs un grand discours, pour l'abrogation des lois d'exil contre la famille Bonaparte.

Le soir du 14 juin, Louis-Philippe, après avoir lu le discours de Victor Hugo, déclara au maréchal Soult qu'il entendait autoriser la famille Bonaparte à rentrer en France.

15 — 1848 — Des imprimeries avaient été saccagées pendant l'insurrection de juin ; Victor Hugo monta à la tribune pour solliciter une enquête et des poursuites.

16 — 1837 — Victor Hugo, qui avait assisté aux fêtes du mariage du duc d'Orléans, entra, depuis le 16 juin, en relations avec le roi Louis-Philippe qui le recevait dans l'intimité et le reconduisait avec sa lampe, quand, après minuit, tout le monde dormait aux Tuileries.

Elle fut donnée au docteur Yvan, qui la sollicita, pour l'ouverture du Congrès littéraire international.

C'est de ce congrès que date la fondation de l'*Association littéraire et artistique internationale* qui est parvenue, avec Victor Hugo, comme président d'honneur, à faire accepter, à la conférence diplomatique de Berne, en 1884, les bases d'une union universelle pour la propriété littéraire et artistique.

18 — 1860 — Victor Hugo, qui avait été expulsé de Jersey en 1855, y fut rappelé en 1860 pour une souscription en faveur de Garibaldi. Reçu par une foule immense, il prononça un discours très applaudi.

Victor Hugo, à propos de John Brown, avait prédit la guerre civile à l'Amérique et, à propos de Garibaldi, prédit l'unité de l'Italie. Ces deux prédictions se réalisèrent.

19 — 1839 — Pièce des *Rayons et les Ombres* :

> Oh ! quand je dors viens auprès de ma couche,
> Comme à Pétrarque apparaissait Laura,
> Et qu'en passant ton haleine me touche !...
>   Soudain ma bouche
>   S'entr'ouvrira !

. . . .

20 — 1848 — Discours de Victor Hugo sur les ateliers nationaux, quatre jours avant l'insurrection.

21 — 1828 — Pièce des *Odes et Ballades :*

> Que la soirée est fraîche et douce !
> Il a plu ce matin;
> Les humides tapis de mousse
> Verdissent les pieds de satin.

. . . .

22 — 1871 — M. Xavier de Montépin propose à la société des auteurs dramatiques d'exclure Victor Hugo comme indigne. La société ne répond pas.

23 — 1832 — Victor Hugo termine *le Roi s'amuse,* commencé le 3 juin.

24 — 1837 — Préface des *Voix intérieures.*

25 — 1848 — Discours sur la liberté de la presse, à propos de l'arrestation d'E. de Girardin.

26 — 1871 — Pièce de *l'Année terrible :*

> Toujours le même fait se répète ; il le faut.
> Le trône abject s'adosse à l'illustre échafaud.

. . . .

27 — 1823 — Mort de la mère de Victor Hugo.

28 — 1821 — Article sur lord Byron, à propos de sa mort. Victor Hugo dit :

« Nous lui devons, nous, une reconnaissance profonde ; il a prouvé à l'Europe que les poètes de l'école nouvelle, quoiqu'ils n'adorent plus les dieux de la Grèce païenne, admirent toujours les héros, et que, s'ils ont déserté l'Olympe, du moins ils n'ont jamais dit adieu aux Thermopyles. »

29 — 1830 — Pièce des *Feuilles d'automne* qui commence ainsi :

Que t'importe, mon cœur, ces naissances de Rois ?

. . . .

30 — 1821 — Fiançailles de Victor Hugo avec mademoiselle Foucher.

. . . .

« Elle courut à lui.

— Qu'y a-t-il donc ?

— Ma mère est morte ; on l'a enterrée hier.

— Et moi je dansais !

Il vit qu'elle ne savait rien. Ils se mirent à sangloter ensemble et ce furent leurs fiançailles. »

    (Victor Hugo raconté par un témoin de sa vie.)

JUILLET

1 — 1836 — Victor Hugo rédige le prospectus du journal la *Presse*, d'Émile de Girardin.

On lit dans ce document :

« Tâchons de rallier à l'idée applicable du progrès tous les hommes d'élite et d'entrain, un *parti supérieur* qui semble la civilisati n de tous les partis inférieurs qui ne savent ce qu'ils veulent.»

2 — 1837 — Victor Hugo est promu au grade d'officier de la Légion d'honneur, par ordonnance royale spéciale, en même temps qu'Alexandre Dumas est nommé chevalier. C'est Victor Hugo qui avait sollicité la décoration pour A. Dumas.

3 — 1862 — Le duc d'Aumale écrit à M. Cuvillier Fleury, à propos du portrait de Louis-Philippe dans les *Misérables* :

Twickenham, 3 juillet.

« J'allais vous écrire, à propos du portrait du Roi tracé par Victor Hugo. Nos cœurs se sont rencontrés. Je n'ai encore rien lu d'aussi sympathique. Il y a des erreurs et des réserves que, certes, je

n'accepte pas. Mais l'homme est bien compris,
bien peint; et il y a des traits sublimes. C'est la
plus grande justice qui ait été encore rendue à
ce grand et noble cœur; en parcourant ces pages
qui m'ont pris, par surprise, les larmes me sont
venues aux yeux plusieurs fois.

» H. O. »

4 — 1823 — « La Liberté » (*Odes et ballades*).

Quand l'impie a porté l'outrage au sanctuaire,
Tout fuit le temple en deuil de splendeur dépouillé
Mais le prêtre fidèle à genoux sur la pierre,
Prodigue plus d'encens, répand plus de prière,
Courbe plus bas son front devant l'autel souillé.

. . . .

Un Dieu du joug du mal a délivré le monde.
Parmi les opprimés, il vint prendre son rang :
Rois! en vœux fraternels sa parole est féconde;
Peuple! il fut pauvre, humble et souffrant.
La liberté sourit à toutes les victimes,
    A tous les dévouements sublimes,
    Sauveurs des États secourus.
A ses yeux la Vendée est sœur des Thermopyles;
Et le même laurier dans les mêmes asiles
    Unit Malesherbe et Codrus.

5 — 1879 — Publication du volume des Actes et
paroles : *Après l'Exil.*

6 — 1834 — Publication de *Claude Gueux*, dans la *Revue de Paris*.

7 — 1828 — « La Captive » (*Orientales*).

> Si je n'étais captive,
> J'aimerais ce pays,
> Et cette mer plaintive,
> Et ces champs de maïs
> Et ces astres sans nombre,
> Si le long d'un mur sombre
> N'étincelait dans l'ombre
> Le sabre des spahis.

8 — 1838 — Victor Hugo commence *Ruy Blas*, achevé le 11 août suivant.

9 — 1868 — Discours sur la liberté de la presse, à propos du rétablissement du timbre.

10 — 1816 — Victor Hugo écrit dans un de ses cahiers : « Je veux être Chateaubriand ou rien. »

11 — 1846 — Pièce des *Contemplations* :

> On vit, on parle, on a le ciel et les nuages
> Sur la tête; on se plaît au livre des vieux sages.
>
> . . . .
>
> On aime, on est aimé, bonheur qui manque aux Rois :
> On écoute le chant des oiseaux dans les bois :
>
> . . . .
>
> La vie arrive avec ses passions troublées :
> On jette la parole aux sombres assemblées;
> Devant le but qu'on veut et le sort qui vous prend,

On se sent faible et fort, on est petit et grand ;
On est flot dans la foule, âme dans la tempête ;
Tout vient et passe ; on est en deuil, on est en fête.
On arrive, on recule, on lutte avec effort...—
Puis le vaste et profond silence de la mort.

(Écrit en revenant du cimetière.)

12 — 1839 — Victor Hugo assistait à une représentation de la *Esméralda*, l'opéra fait par lui en collaboration avec mademoiselle Bertin, quand il apprit
la condamnation à mort de Barbès. Il alla au foyer
des artistes et, faisant allusion à la mort récente
de la princesse Marie, et à la naissance du comte
de Paris, il écrivit le quatrain suivant :

Par votre ange envolée ainsi qu'une colombe,
Par ce royal enfant, doux et frêle roseau,
Grâce encore une fois ! grâce au nom de la tombe
Grâce au nom du berceau !

La grâce fut accordée.

13 — 1833 — Victor Hugo commence le second
acte de *Lucrèce Borgia*.

14 — 1829 — *Marion de Lorme* est reçue à l'Odéon
par Harel.

15 — 1862 — Lettre de Victor Hugo à Barbès, à
propos de la grâce de celui-ci obtenue en 1829
par les vers cités plus haut.

16 — 1829 — Victor Hugo termine le second acte de *Lucrèce Borgia*.

17 — 1848 — A la suite des fatales journées de juin 1848, les théâtres de Paris furent fermés; leur ruine était certaine. Victor Hugo proposa de les rouvrir à l'aide d'une subvention universelle qui fut votée.

18 — 1851 — Le discours de Victor Hugo sur la revision de la Constitution, prononcé le 17 juillet 1851, amena le 18 entre lui et M. Baroche une discussion très passionnée, restée célèbre dans les souvenirs parlementaires de l'époque.

19 — 1821 — Victor Hugo écrit un article dans *le Conservateur littéraire*, sur l'abbé de Lamennais, à propos de l'Essai sur l'indifférence en matière de religion.

20 — 1851 — A la suite de la discussion citée plus haut, Victor Hugo vota, en motivant son vote, contre la revision de la Constitution.

21 — 1866 — Victor Hugo commence *l'Homme qui rit*.

22 — 1867 — Victor Hugo répond une lettre de remerciement aux jeunes poètes contemporains

qui lui avaient écrit pour le féliciter à propos de la reprise d'*Hernani*.

« Je suis fier de voir mon nom entouré des vôtres: vos noms sont une **couronne d'étoiles**. »

23 — 1838 — Victor Hugo commence le 3e acte de *Ruy Blas*, terminé le 31.

24 — 1838 — Victor Hugo visite Varennes.

« Aujourd'hui je traverse la petite place de Varennes qui a la forme du couteau de la guillotine. » *(Le Rhin.)*

25 — 1836 — Victor Hugo écrit les premières lignes de *Notre-Dame de Paris*.

26 — 1853 — Discours prononcé à Jersey sur la tombe de Louise Julien, une exilée, morte de l'exil.

27 — 1866 — Lettre de Bruxelles à un ami, au sujet de la condamnation à mort de Bradley à Jersey : protestation contre la peine de mort.

28 — 1828 — « A David, statuaire » *(Feuilles d'Automne.)*

> Bonaparte eût voulu renaître
> De marbre et géant sous ta main ;
> Cromwel son aïeul et son maître,
> T'eût livré son front surhumain :
> Ton bras eût sculpté pour l'Espagne

Charles Quint ; pour nous Charlemagne,
Un pied sur l'hydre d'Allemagne,
L'autre sur Rome aux sept coteaux.
Au sépulcre prêt à descendre,
César t'eût confié sa cendre
Et c'est toi qu'eût pris Alexandre
Pour lui tailler le mont Atos.

29 — 1838 — Victor Hugo visite Sedan. Il regrette que la vieille citadelle n'ait pas gardé un souvenir fidèle du grand héros de la France, Turenne.

30 — 1834 — Un négociant de Dunkerque, M. Carlier, fait distribuer à tous les députés des exemplaires de *Claude Gueux*.

31 — 1829 — Pièce des *Feuilles d'Automne :* Ce qu'on entend sur la montagne.

AOÛT

1 — 1848 — Fondation du journal *l'Événement,* avec
cette épigraphe :

« Haine vigoureuse de l'anarchie. Tendre et profond
amour du peuple. »

2 — 1838 — Victor Hugo commence le quatrième
acte de *Ruy Blas,* terminé le 7.

3 — 1864 — Sur la page qui termine la première
partie des *Travailleurs de la Mer,* on lit :

          « 3 août, 8 h. 1/2 du matin.

» Interrompu jusqu'à mon retour. Je vais partir
pour mon voyage annuel le 10 ou le 11. »

4 — 1838 — Victor Hugo visite Liège, déplore la
perte des parties gothiques de la ville; mais devant la grande usine de Cockeril s'incline et
admire l'industrie. *(Le Rhin.)*

5 — 1852 — Victor Hugo, exilé, débarque à Jersey
et répond au groupe des proscrits français, qui
l'attendaient sur le quai devant Saint-Hélier.

6 — 1838 — Victor Hugo visite Aix-la-Chapelle et le tombeau de Charlemagne. Les restes du grand Empereur ont été enlevés de la bière et disposés comme reliques.

Victor Hugo écrit :

« Dans la sacristie voisine, un vicaire montre aux passants, et j'ai vu pour 3 fr. 75, prix-fixe, le bras de Charlemagne, ce bras qui a tenu le monde. Vénérable ossement qui porte, sur ses téguments desséchés, cette inscription écrite pour quelques liards, par un scribe du douzième siècle : *Brachinus sanctus Caroli magni.* Après le bras, j'ai vu le crâne qui a été le moule de toute une Europe nouvelle et sur lequel un bedeau frappe avec l'ongle. »

7 — 1829 — Entrevue de Victor Hugo avec Charles X, au sujet de *Marion de Lorme.*

8 — 1838 — Victor Hugo commence le cinquième acte de *Ruy Blas*, terminé le 11.

9 — 1829 — Pièce des *Feuilles d'Automne :*

O toi qui si longtemps vis luire à mon côté
Le jour égal et pur de la prospérité,
Toi qui, lorsque mon âme allait de doute en doute
Et comme un voyageur te demandait sa route,

Endormis, sur ton sein, mes rêves ténébreux
Et pour toute raison disais : Soyons heureux!

. . . .

10 — 1830 — Victor Hugo écrit la pièce des *Chants
du Crépuscule* intitulée : « Dictée après 1830. »

Frères et vous aussi, vous avez vos journées,
Vos victoire de chêne et de fleurs couronnées,
Vos civiques lauriers, vos morts ensevelis,
Vos triomphes si beaux à l'aube de la vie,
Vos jeunes étendards, troués à faire envie
    A de vieux drapeaux d'Austerlitz.

Soyez fiers ; vous avez fait autant que vos pères.
Les droits d'un peuple entier conquis par tant de guerres,
Vous les avez tirés tout vivants du linceul.
Juillet vous a donné, pour sauver vos familles,
Trois de ces beaux soleils qui brûlent les bastilles.
    Vos pères n'en ont eu qu'un seul.

. . . .

11 — 1831 — Première représentation de *Marion
de Lorme,* à la Porte-Saint-Martin, avec Bocage et
madame Dorval, dans les principaux rôles.

12 — 1832 — Victor Hugo commence la première
journée de *Marie Tudor.*

13 — 1871 — La pièce « Flux et Reflux, » de *l'Année
Terrible,* a été écrite à Vianden, quand Victor
Hugo quittait la Belgique.

14 — 1829 — Victor Hugo refuse l'augmentation de
pension que Charles X lui avait donnée spontané-
ment, après l'interdiction de *Marion de Lorme*.

. . . .

« J'avais demandé que ma pièce fût jouée; je ne
demande rien autre chose. »

. . . .

15 — 1831 — *Marion de Lorme* fut vivement atta-
quée dans le *Moniteur* de ce jour-là; des parodies
médiocres furent faites. Jules Janin s'indigna
dans son feuilleton et protesta avec énergie.

16 — 1833 — Victor Hugo finit la première journée
de *Marie Tudor*, commencée le 12.

17 — 1838 — Victor Hugo écrit dans le *Rhin* sa
comparaison entre Charlemagne et Napoléon.

. . . .

« Ces Empereurs-là sont des Titans. Ils tiennent
un moment l'univers dans leurs mains, puis la
mort leur écarte les doigts et tout tombe. »

18 — 1859 — Victor Hugo proteste contre l'amnistie et écrit :

« Fidèle à l'engagement que j'ai pris vis-à-vis de
ma conscience, je partagerai jusqu'au bout l'exil

de la liberté. Quand la liberté rentrera, je rentrerai.

19 — 1874 — Édition illustrée de *l'Homme qui rit.*

20 — 1850 — Funérailles de Balzac.

Victor Hugo dit, sur la tombe, entre autres paroles éloquentes :

« Tous les livres de Balzac ne forment qu'un livre, livre savant, lumineux, profond, où l'on voit aller et venir et marcher et se mouvoir, avec je ne sais quoi d'effaré et de terrible, mêlé au réel, toute notre civilisation contemporaine, livre merveilleux que le poète a intitulé comédie et qu'il aurait pu intituler histoire, qui prend toutes les formes et tous les styles, qui dépasse Tacite et qui va jusqu'à Suétone, qui traverse Beaumarchais et qui va jusqu'à Rabelais; livre qui est l'observation et qui est l'imagination, qui prodigue le vrai, l'intime, le bourgeois, le trivial, le matériel et qui, par moments, à travers toutes les réalités brusquement et largement déchirées, laisse tout à coup entrevoir les plus sombres et les plus tragiques idéals. »

21 — 1849 — Victor Hugo ouvre le Congrès de la Paix, par un discours qu'il termine ainsi :

« Dans notre vieille Europe, l'Angleterre a fait le premier pas, et, par son exemple séculaire, elle a dit aux peuples : Vous êtes libres ! La France a fait le second pas, et a dit aux peuples : Vous êtes souverains. Maintenant, faisons le troisième pas, et tous ensemble, France, Angleterre, Belgique, Allemagne, Italie, Europe, Amérique, disons aux peuples :

» — Vous êtes frères ! »

22 — 1883 — Victor Hugo termine la seconde journée de *Marie Tudor*, commencée le 17.

23 — 1868 — Victor Hugo termine, à Bruxelles, *l'Homme qui Rit*.

24 — 1849 — Clôture du Congrès de la Paix, par un discours de Victor Hugo.

25 — 1856 — Lettre à M. André Régopoulos sur la Grèce.

26 — 1838 — Victor Hugo échappe a un incendie à Lorch *(Le Rhin)*.

27 — 1868 — Mort de madame Victor Hugo.
François-Victor écrivait ce jour-là à son cousin Asséline.

» La catastrophe que nous redoutions depuis huit ans est arrivée. Mon adorable mère a succombé ce matin à sept heures. Elle a voulu être enterrée à Villequier. Mon père, Charles et moi, nous la reconduirons jusqu'à la frontière. Elle passera par Paris après-demain matin. Peut-être voudras-tu lui dire à ce moment un suprême adieu. »

28 — 1838 — Victor Hugo écrit la *Légende du beau Pécopin*.

29 — 1829 — Victor Hugo commence *Hernani*.

30 — 1855 — Pièce des *Contemplations* :

J'ai cueilli cette fleur pour toi sur la colline.
(Pièce datée de l'Ile de Serk.)

31 — 1826 — Victor Hugo co   ce le second acte de *Cromwell*.

SEPTEMBRE

1 — 1828 — Victor Hugo compose la pièce « le Voile »
des *Orientales*.

2 — 1848 — Victor Hugo demande la levée de
l'état de siège, décrété après les journées de juin
et dit...

« Pour pacifier la rue vous avez l'état de siège;
pour contenir la presse, vous avez les tribunaux.
Mais ne vous servez pas de l'état de siège contre
la presse. Vous vous trompez d'arme, et, en
croyant défendre la société, vous blessez la liberté. »

3 — 1829 — Victor Hugo commence le deuxième
acte d'*Hernani*.

4 — 1843 — Épouvantable catastrophe de Villequier.
La fille du poète, Léopoldine, est engloutie dans
la Seine avec son mari, M. Charles Vacquerie.
La propriété de famille de Vacquerie est bordée
par la Seine à Villequier. La marée, qui remonte
jusqu'à Rouen, agite périodiquement le fleuve.

Mais les fils d'un armateur ne s'effrayaient pas de ce mouvement. Le 4, une promenade en bateau fut décidée. Il s'agissait d'essayer une grande barque. On partit en riant. Un coup de vent survient : La barque chavire. Léopoldine Hugo se cramponne aux bords de la barque ; les vagues lui font perdre connaissance. Son mari la saisit, s'efforce de l'arracher, veut lui briser les mains ; mais elle avait ses ongles dans le bois : la barque enfonce et le mari, désespéré, ouvre les bras pour disparaître avec celle qu'il n'a pu sauver.

Le père écrit le 4 septembre 1852.

> Oh ! je fus comme un fou dans le premier moment,
> Hélas ! et je pleurai huit jours amèrement.
> Vous tous à qui Dieu prit votre chère espérance,
> Pères, mères dont l'âme a souffert ma souffrance,
> Tout ce que j'éprouvais l'avez-vous éprouvé ?
> Je voulais me briser le front sur le pavé.

. . . .

5 — 1870 — Victor Hugo passe la frontière pour rentrer en France, après dix-neuf ans d'exil.

6 — 1829 — Victor Hugo termine le deuxième acte d'*Hernani*.

7 — 1839 — Visite à Bâle.

« La vieille femme qui me conduisait m'a offert

de me montrer les archives de la cathédrale;
j'ai accepté. Voici ce que c'est que les archives :
Un immense coffre en bois sculpté du quinzième
siècle, magnifique, mais vide. Quand on entre
dans la chambre des archives, on entend un bâil-
lement effroyable. C'est le grand coffre qui
s'ouvre. »

8 — 1829 — Victor Hugo commence le troisième
acte d'*Hernani,* terminé le 14 septembre.

9 — 1839 — Visite à Zurich.

10 — 1842 — Victor Hugo commence *les Burgraves.*

11 — 1843 — Victor Hugo écrit dans les *Contemplations* : Une « Églogue ».

Nous errions, elle et moi, dans les monts de Sicile;
Elle est fière pour tous, et pour moi seul docile.
Les cieux et nos pensers rayonnaient à la fois !
Oh ! comme aux lieux déserts les cœurs sont peu farouches !
Que de fleurs aux buissons, que de baisers aux bouches !
        Quand on est dans l'ombre des bois !

12 — 18 — Pièce des *Feuilles d'automne :*

        Contempler dans son bain, sans voiles,
        Une fille aux yeux innocents ;
        Suivre de loin les blanches voiles,
        Voir au ciel briller les étoiles
        Et sous l'herbe les vers luisants,

. . . .

Non, tout ce qu'a la destinée
De biens réels ou fabuleux
N'est rien pour mon âme enchaînée
Quand tu regardes, inclinée,
Mes yeux noirs avec tes yeux bleus.

13 — 1825 — Pièce au colonel G.-H. Gustafson.

(Odes et Ballades.)

C'était le nom qu'avait pris le roi de Suède, Gustave IV, détrôné en 1809.

14 — 1833 — Pièce de Victor Hugo à Alphonse Rabbe.

(Chants du Crépuscule.)

Hélas ! que fais-tu donc, ô Rabbe, ô mon ami,
Sévère historien dans la tombe endormi !

. . . .

15 — 1834 — Au duc d'Orléans pour le remercier d'un acte de bienfaisance.

La pièce se termine par ces vers :

. . . .

Comme la nue altière en son sublime essor
Se laisse dérober son fluide trésor
Par ces flèches de fer au ciel toujours dressées,
Heureux le prince empli de pieuses pensées
Qui sont du haut des cieux sombres et flamboyants
Tout son or s'en aller aux mains des suppliants.

(Chants du Crépuscule.)

16 — 1862 — Grand banquet offert à Bruxelles par les éditeurs des *Misérables* à Victor Hugo ; la presse française était représentée, et Louis Blanc parla au nom de l'exil.

17 — 1849 — Discours de Victor Hugo au Conseil d'État sur la liberté des théâtres ; le poète et les artistes avaient été consultés ; la discussion dura deux jours.

18 — 1851 — Lettre de Victor Hugo à l'*Événement*. La lettre fut poursuivie ; celui qui l'avait reçue fut condamné, celui qui l'avait écrite était inviolable ; cette inviolabilité dura jusqu'en décembre.

19 — 1835 — Victor Hugo écrit la pièce des *Voix intérieures :*
Pensar, Dudar.

20 — 1839 — Victor Hugo finit le quatrième acte d'*Hernani* commencé le 15 septembre.

21 — 1839 — Victor Hugo commence le cinquième acte d'*Hernani*.

22 — 1839 — Victor Hugo visite Lausanne ; c'est sa dernière station du voyage sur « le Rhin ».

23 — 1855 — Pièce des « Malheureux », adressée par Victor Hugo à ses enfants.

(Contemplations.)

24 — 1854 — Victor Hugo écrit les *Pleurs dans la nuit* :

> Je suis l'être incliné qui jette ce qu'il pense ;
> Qui demande à la nuit le secret du silence ;
> Dont la brume emplit l'œil ;
> Dans une ombre sans fond, mes paroles descendent,
> Et les choses sur qui tombent mes strophes rendent
> Le son creux du cercueil.

25 — 1829 — Victor Hugo termine le cinquième acte d'*Hernani*.

26 — 1835 — Pièce qui termine le volume des *Voix intérieures* :

> O Muse, contiens-toi ! muse aux hymnes d'airain !

27 — 1847 — Victor Hugo, au nom des auteurs dramatiques, prononce le discours sur la tombe de Frédéric Soulié.

« En cette grande époque littéraire où le génie, chose qu'on n'avait point vue encore, disons-le à l'honneur de notre temps, ne se sépare jamais de l'indépendance, Frédéric Soulié était de ceux qui ne se courbent que pour prêter l'oreille à leur conscience et qui honorent le talent par la dignité. »

28 — 1848 — Victor Hugo, représentant, refuse de comparaître comme témoin devant le Conseil de guerre.

Il ne s'y est rendu qu'à la prière des accusés.

29 — 1848 — Devant le Tribunal de guerre, Victor Hugo renouvelle ses protestations contre l'atteinte portée à l'inviolabilité parlementaire.

30 — 1870 — Victor Hugo adresse à sa petite Jeanne des vers qui débutent ainsi :

Vous eûtes donc bien un an, ma bien-aimée,

OCTOBRE

1 — 1877 — Publication de l'*Histoire d'un crime.*

2 — 1870 — Victor Hugo enfermé dans Paris adresse
aux Parisiens un appel à l'union. Il pressentait
les troubles du 31 octobre.

3 — 1835 — Pièce à Olympio :

> Un jour l'ami qui reste à ton cœur qu'on déchire
> Contemplait tes malheurs
> Et, tandis qu'il parlait, ton sublime sourire
> Se mêlait à ses pleurs.

. . . .

(Les Voix intérieures.)

4 — 1823 — Pièce des *Odes et Ballades* :

> « A l'ombre d'un enfant. »

> O ! parmi les soleils, les sphères, les étoiles,
> Les portiques d'azur, les palais de saphir,
> Parmi les saints rayons, parmi les sacrés voiles,
> Qu'agite un éternel zéphir !

. . . .

> Parmi les jeux sans fin des âmes enfantines,
> Quand leurs soins d'un vieil astre égaré dans les cieux,
> Avec de longs efforts et des voix argentines,
> Guident les chancelants essieux ;

65

Ou lorsqu'entre ses bras quelque vierge ravie
Les prend, d'un saint baiser leur imprime le sceau
Et rit, leur demandant si l'aspect de la vie
Les effrayait dans leur berceau ;

Ou qu'enfin dans son arche éclatante et profonde,
Rangeant de cieux en cieux son cortège ébloui,
Jésus, pour accomplir ce qui fut dit au monde,
Les place le plus près de lui ;

Oh ! dans ce monde auguste où rien n'est éphémère,
Dans ces flots de bonheur que ne trouble aucun fiel,
Enfant ! loin du sourire et des pleurs de ta mère,
N'es-tu pas orphelin au ciel ?

. . . .

5 — 1862 — Publication d'un album de dessins de Victor Hugo, au profit des enfants pauvres de Guernesey.

6 — 1822 — Lettre de Lamennais à Victor Hugo pour le féliciter de son prochain mariage.

« Vous allez devenir l'époux d'une personne que vous avez aimée dès l'enfance et qui est digne de vous, comme vous êtes digne d'elle. La joie que vous ressentez est légitime; elle est dans l'ordre de Dieu si vous la lui rapportez, et je me plais à en trouver dans votre lettre l'expression naïve et touchante. Mais entendez aussi que c'est une joie du temps, et fragile comme lui. Il y a une autre joie dans l'éternité et c'est celle-là qui doit être l'objet de tous les désirs de votre âme... »

7 — 1834 — Poésie des *Chants du Crépuscule:* « Au bord de la mer. »

8 — 1832 — Victor Hugo va s'installer au n° 6 de la Place Royale, dans l'appartement devenu légendaire.

9 — 1830 — Nouvelle ode à la Colonne.

Oh! quand il bâtissait de sa main colossale.

. . . .

(Chants du Crépuscule.)

10 — 1828 — Pièce des *Orientales :*

« Sultan Achmet. »

> A Juana la grenadine,
> Qui toujours chante et badine,
> Sultan Achmet disait un jour :
> « Je donnerais sans retour
> Mon royaume pour Médine,
> Médine pour ton amour. »

11 — 1863 — Lettre de Victor Hugo à M. A. Hepworth.

Il écrit pour expliquer comment il ne peut faire partie du Comité Anglais pour le centenaire de Shakespeare.

12 — 1822 — Mariage de Victor Hugo. Extrait des registres de l'église Saint-Sulpice :

« Le 12 octobre 1822, après la publication des trois bans en cette église et d'un seul en celle de Blois, vu la dispense des deux autres, les fiançailles faites le même jour, ont reçu la bénédiction nuptiale, Victor-Marie Hugo, membre de l'Académie des Jeux Floraux de Toulouse, âgé de vingt ans, demeurant de droit et de fait à Blois, diocèse d'Orléans, fils mineur de Joseph-Léopold-Sigisbert Hugo, maréchal des camps et armées du Roi, chevalier de la Légion d'honneur et commandant de l'ordre Royal de Naples, et de la défunte Sophie-Françoise Trébuchet, son épouse, d'une part ; et Adèle-Julie Foucher, âgée de 19 ans, demeurant de droit et de fait rue du Cherche-Midi, n° 39, de cette paroisse, fille mineure de Pierre Foucher, chef au ministère de la guerre, chevalier de la Légion d'honneur, et de Anne-Victoire Asseline, son épouse, d'autre part ; présents et témoins, Jean-Baptiste Biscarrat, Alfred-Victor comte de Vigny, Jean-Baptiste Asseline, Jean-Jacques-Philippe-Marie Duvidal, lesquels ont signé avec les époux et leurs père et mère. »

A la fin du repas nuptial, le frère de Victor Hugo, Eugène, fut frappé d'aliénation mentale.

13 — 1830 — Victor Hugo écrit:

« Nos chambres décrépites procréent à cette heure une infinité de petites lois culs-de-jatte, qui, à peine nées, branlent la tête comme de vieilles femmes, et n'ont plus de dents pour mordre les abus. »

(*Littérature et philosophie mêlées.*)

14 — 1828 — Victor Hugo commence *Claude Gueux.*

15 — 1849 — Discours de Victor Hugo contre l'expédition de Rome.

16 — 1834 — « *Date Lilia.* » Pièce des *Chants du Crépuscule.*

Oh ! si vous rencontrez, quelque part sous les cieux,
Une femme au front pur, au pas grave, aux doux yeux,
. . . .
Oh ! qui que vous soyez, bénissez-la ; c'est elle !
La sœur visible aux yeux de mon âme immortelle,
Toit de mes jeunes ans qu'espèrent mes vieux jours !

. . . .

17 — 1855 — Déclaration des proscrits expulsés de Jersey avec Victor Hugo.

18 — 1862 — Lettre de Victor Hugo à M. Daelli, éditeur de la traduction italienne des *Misérables*, à Milan.

Il affirme que son livre a de la pitié pour les misères de tous les peuples.

19 — 1842 — Victor Hugo termine *les Burgraves*.

20 — 1870 — Publication des *Châtiments*.

21 — 1828 — « Cri de Guerre du Mufti. » Pièce des *Orientales*.

22 — 1828 — Naissance de François-Victor Hugo.

23 — 1865 — Victor Hugo écrit aux étudiants belges pour s'excuser de ne pas assister à leur congrès.

24 — 1880 — Publication du poème *l'Ane*.

25 — 1835 — Préface des *Chants du Crépuscule*.

26 — 1855 — Le *Moniteur officiel* français publie l'arrêté d'expulsion pris en Angleterre contre les proscrits habitant Jersey.

27 — 1855 — Le connétable de Jersey signifie à Victor Hugo et à ses deux fils l'ordre de quitter l'île.

28 — 1875 — Publication des *Actes et Paroles* :
Deuxième partie : *Pendant l'Exil.*

29 — 1870 — Victor Hugo reçoit de la Société des
Gens de Lettres la demande de faire lire les *Châtiments* sur un théâtre, pour consacrer le prix à
la fabrication d'un canon.

30 — 1870 — Victor Hugo répond à la Société des
Gens de Lettres et consent, à la condition que le
canon ne portera pas son nom et s'appellera Châ-
teaudun.

31 — 1871 — Lettre de Victor Hugo aux rédac-
teurs du *Rappel*, qui reparaissait ce jour-là.

NOVEMBRE

1 — 1826 — Portrait d'une enfant.

> Oui, ce front, ce sourire et cette fraîche joue,
> C'est bien l'enfant qui pleure et joue
> Et qu'un esprit du ciel défend !
> De ses doux traits ravis à la sainte phalange,
> C'est bien le délicat mélange :
> Poète j'y crois voir un ange,
> Père j'y trouve mon enfant.

2 — 1826 — Naissance de Charles Hugo.

3 — 1875 — « Ce que c'est que l'Exil » préface du livre: *Pendant l'Exil.*

4 — 1865 — Lettre de Victor Hugo à un critique, à propos des *Chansons des rues et des bois.*

Des sectaires de l'opposition avaient reproché à Victor Hugo d'écrire un livre gai, daté de l'exil. Victor Hugo, remerciant le critique de l'avoir défendu, lui dit:

« La critique par les poètes, c'est la grande critique... Qui parlera du lac, de la candeur, de la blancheur, de la sérénité et de belles ailes qui nagent et qui volent ? Qui en parlera, sinon le cygne ?

» Il y a toujours de l'orage autour de moi. Ce n'est rien ; car une page comme celle que vous venez de m'écrire, à travers la nuit et la distance a fait tout de suite au-dessus de ma tête le ciel bleu. Quelle sagesse vraie et fine, en même temps que haute dans ce que vous dites de la gaieté des bonnes consciences. Je me rappelle avoir bien ri avec vous ! »

5 — 1870 — On récite *les Châtiments* au théâtre de la Porte-Saint-Martin.

6 — 1833 — Première représentation de *Marie Tudor* à la Porte-Saint-Martin, sous la direction de Harel. Le drame a été repris au même théâtre sous la direction de MM. Ritt et Larochelle, le 29 septembre 1873.

7 — 1852 — « Nox. »

. . . .
. . . .

Toi qu'aimait Juvénal gonflé de lave ardente,
Toi dont la clarté luit dans l'œil fixe du Dante,
Muse indignation, viens, dressons maintenant,
Dressons sur cet empire, heureux et rayonnant.
Et sur cette victoire au tonnerre échappée,
Assez de piloris pour faire une épopée.

(*Châtiments.*)

8 — 1838 — Première représentation de *Ruy-Blas* pour l'ouverture du théâtre de la Renaissance (salle Ventadour).

La pièce a été reprise au théâtre de la Porte-Saint-Martin le 4 août 1841, au théâtre de l'Odéon, le 19 février 1872, au Théâtre-Français le 4 avril 1879.

9 — 1836 — « *Sunt Lacrymœ rerum*, » pièce des *Voix Intérieures*, à propos de Charles X, mort le 6 novembre.

Il est mort. Rien de plus. Nul groupe populaire,
Urne d'où se répand l'amour et la colère,
N'a jeté sur son nom pitié, gloire ou respect.
Aucun signe n'a lui. Rien n'a changé l'aspect
De ce siècle orageux, mer de récifs bordée,
Où le fait, ce flot sombre, écume sur l'idée.
Nul temple n'a gémi dans nos villes. Nul glas
N'a passé sur nos fronts, criant : hélas ! hélas !
La presse aux mille voix, cette louve hargneuse,
A peine a retourné sa tète dédaigneuse ;
Nous ne l'avons pas vue, irritée et grondant,
Donner à cette pourpre un dernier coup de dent.
Et chacun vers son but, la marée à la grève,
La foule vers l'argent, le penseur vers son rêve,
Tout a continué de marcher, de courir,
Et rien n'a dit **au** monde : « Un roi vient de mourir. »

10 — 1848 — Question *des encouragements aux arts et aux lettres*, à propos du budget. Discou s prononcé à la Constituante.

11 — 1851 — Rappel de la loi du 31 mai, discours prononcé par Victor Hugo dans la réunion Lemardelay.

Il dit :

« Depuis que l'histoire existe, c'est la première fois que la loi donne rendez-vous à la guerre civile. »

12 — 1834 — « Quelques mots à un autre. »

On y revient; il faut y revenir moi-même.
Ce qu'on attaque en moi, c'est mon temps et je l'aime,
Certe on me laisserait en paix, passant obscur,
Si je ne contenais, atome de l'azur,
Un peu de grand rayon dont notre époque est faite.

. . . .

(*Contemplations.*)

13 — 1852 — « A Juvénal » (*les Châtiments*).

14 — 1835 — Première représentation à l'Opéra de la *Esmeralda* (musique de mademoiselle Bertin).

15 — 1874 — Obsèques de madame Paul Meurice. Victor Hugo rendit hommage à la femme éminente dont il avait été l'hôte pendant le siège.

« L'antiquité avait la femme romaine; l'âge moderne aura la femme française. Le siège nous a montré tout ce que peut être la femme, dignité, fermeté, acceptation des privations et des misères, gaîté dans les angoisses. Le fond de l'âme

75

de la femme française, c'est un mélange héroïque de famille et de patrie.

» La généreuse femme qui est dans cette tombe a eu toutes ces grandeurs-là. »

16 — 1871 — Pièce de *l'Année terrible* :

« L'enfant malade pendant le siège. »

Si vous continuez d'être ainsi toute pâle
    Dans notre air étouffant,
Si je vous vois entrer dans mon ombre fatale,
    Moi vieillard, vous enfant :

Si je vois de nos jours se confondre la chaine,
    Moi qui sur mes genoux
Vous contemple et qui veux la mort pour moi prochaine,
    Et lointaine pour vous ;

Si vos mains sont toujours diaphanes et frêles,
    Si, dans votre berceau,
Tremblante, vous avez l'air d'attendre des ailes
    Comme un petit oiseau ;

Si vous ne semblez pas prendre sur notre terre
    Racine pour longtemps,
Si vous laissez errer, Jeanne, en notre mystère
    Vos doux yeux mécontents ;

Si je ne vous vois pas gaie et rose et très forte,
    Si, triste, vous rêvez,
Si vous ne fermez pas derrière vous la porte
    Par où vous arrivez ;

Si je ne vous vois pas comme une belle femme
    Marcher, vous bien porter,

Rire, si vous semblez être une petite âme
  Qui ne veut pas rester,
Je croirai qu'en ce monde où le suaire au lange
  Parfois peut confiner,
Vous venez pour partir et que vous êtes l'ange
  Chargé de m'emmener.

17 — 1833 — Préface de *Marie Tudor*.

18 — 1840 — « Explication. » Pièce des *Contempla-tions*.

 « La terre est au soleil ce que l'homme est à l'ange ;
 L'un est fait de splendeur, l'autre est pétri de fange. »

19 — 1871 — « Du haut de la muraille de Paris à la nuit tombante. » *(Année terrible.)*

20 — 1831 — Préface des *Feuilles d'Automne*.

21 — 1877 — Reprise d'*Hernani* à la Comédie-Française. La pièce n'a plus quitté le répertoire.

22 — 1832 — Représentation unique du *Roi s'amuse*. au Théâtre-Français.

23 — 1832 — Interdiction du *Roi s'amuse*.

24 — 1828 — « Adieux de l'hôtesse Arabe. » *(Orientales)*

25 — 1838 — Préface de *Ruy Blas*.

26 — 1875 — Mort de François Hugo, traducteur de *Shakespeare*.

27 — 1871 — Pièce de *l'Année Terrible*

« A tous ces princes. »

28 — 1873 — Reprise de *Marie Tudor*, à la Porte-Saint-Martin.

29 — 1852 — Discours prononcé dans un banquet polonais, pour l'anniversaire de la révolution de Pologne.

30 — 1832 — Préface du *Roi s'amuse*.

DÉCEMBRE

1 — 1827 — « La Douleur du Pacha » (*Orientales*).

2 — 1851 — Victor Hugo est un des organisateurs de la résistance au coup d'État; proclamation à l'armée.

3 — 1851 — Victor Hugo prononce une harangue énergique dans une réunion de la rue Popincourt (*Actes et paroles*).

4 — 1851 — Les députés, réunis chez M. Grévy, signent, au milieu de la lutte, un décret d'amnistie pour toute condamnation politique. (*Histoire d'un crime.*)

5 — 1851 — Victor Hugo erre dans Paris, après la lutte.

6 — 1819 — Article de Victor Hugo sur *la Somnambule* de Scribe.

« Une chaise de poste qui verse, un domestique poltron, un revenant, un capitaine étourdi, un mariage fait et rompu, etc., voilà bien des choses rebattues. Cependant, allez voir *la Somnambule*, et dites-nous si le premier mérite de cette char-

mante pièce ne vous paraît pas la nouveauté. Ce
joli vaudeville ressemble à ces décorations fraî-
ches et brillantes que le machiniste monte sur
de vieux ressorts, ou plutôt à ces physionomies
originales qui n'ont pour elles d'autres éléments
que ceux de toutes les figures humaines. Que nos
vaudevillistes par métier n'aillent pas demander
à MM. Scribe et Germain Delavigne leur secret.
Ce secret-là ne peut se communiquer, c'est le
talent. »

7 — 1827 — Publication de *Cromwel* et de la préface qui fut le manifeste du poète.

8 — 1823 — Article de Victor Hugo sur Voltaire.
(*Littérature et Philosophie mêlées.*)

9 — 1834 — « Conseil. »

Rien encor n'a germé de vos rameaux flottants,
Sur notre jeune terre, où, depuis quarante ans,
     Tant d'âmes sont échouées
Doctrines aux fruits d'or, espoir des nations,
Que la hâtive main des révolutions
     Sur nos têtes a secouées.

       (Les *Chants du Crépuscule.*)

10 — 1822 — Victor Hugo lit son ode sur *Louis
XVII* à la société des *Bonnes études.*

L'académicien Roger, président, à la fin de son discours d'inauguration, s'exprime ainsi :

« Vous allez entendre tout à l'heure ce jeune lyri-
que dont les premiers accords respirent une si
heureuse audace, et qui a peint la chute des plus
célèbres tyrans du monde en traits aussi profonds, aussi terribles, que la catastrophe même.

11 — 1854 — *A Alexandre Dumas,* réponse à la dé-
dicace de son drame : la *Conscience.*

> Merci du bord des mers à celui qui se tourne
> Vers la rive où le deuil, tranquille et noir, séjourne,
> Qui défait de sa tête, où le rayon descend,
> Sa couronne et la jette au spectre de l'absent
> Et qui dans le triomphe et la rumeur dédie
> Son drame à l'immobile et pure tragédie.

12 — 1851 — Victor Hugo part pour l'exil.

13 — 1851 — « Toulon. » Pièce des *Châtiments.*

14 — 1851 — Arrivée de Victor Hugo à Bruxelles
où il commence immédiatement *l'Histoire d'un
crime.*

15 — 1840 — *Retour des cendres de l'Empereur.*
Écrit en revenant des Champs-Élysées.

> Ciel glacé! soleil pur ! — Oh! brille dans l'histoire
> Du funèbre triomphe, impérial flambeau,
> Que le peuple à jamais te garde en sa mémoire

Jour beau comme la gloire
Froid, comme le tombeau!

16 — 1872 — Victor Hugo commence le roman de *Quatre-vingt-Treize.*

17 — 1883 — Dîner offert par Victor Hugo à la presse et à la Comédie-Française, à l'occasion de la reprise, c'est-à-dire de la deuxième représentation du *Roi s'amuse.*

18 — 1869 — *A Charles Hugo condamné.* « Mon fils, te voilà frappé pour la seconde fois. Il y a dix-neuf ans, tu combattais l'échafaud; on t'a condamné. A la deuxième fois, aujourd'hui, en rappelant le soldat à la fraternité, tu combattais la guerre; on t'a condamné; je t'envie ces deux gloires. »

Après avoir fait l'éloge de l'armée française, Victor Hugo raconte l'anecdote suivante :

« J'étais à Madrid du temps de Joseph. C'était l'époque où les prêtres montraient aux paysans espagnols, qui voyaient la chose distinctement, la Sainte-Vierge tenant Ferdinand VII par la main, dans la comète de 1811. Nous étions, mes deux frères et moi, au séminaire des nobles, collège san Isidro. Nous avions pour maîtres deux jésuites, un doux et un dur, don Manuel et don Basilio. Un jour, nos jésuites nous menèrent, par ordre sans doute, sur un balcon, pour voir arriver quatre régiments français qui faisaient leur entrée à Madrid. Ces régiments avaient fait les guerres d'Italie et d'Allemagne et revenaient de Portugal. La foule bordant les rues sur le passage des soldats regardait avec anxiété ces hommes qui apportaient l'esprit français... Pendant qu'ils défilaient sous notre balcon, don Manuel se pencha à l'oreille de don Basilio et lui dit : « Voilà Voltaire qui passe. »

. . . .

19 — 1832 — Plaidoyer de Victor Hugo devant le tribunal de Commerce en faveur du *Roi s'amuse.*

20 — 1843 — Funérailles de Casimir Delavigne. Victor Hugo, frappé d'un deuil récent, dit quelques mots d'adieu sur la tombe; il se réserve de faire, à l'Académie, l'éloge littéraire du poète.

21 — 1821 — « Le Dévouement. »

Je rends grâce au seigneur; il m'a donné la vie!
La vie est chère à l'homme entre les dons du ciel;
Nous bénissons toujours le Dieu qui nous convie
Au banquet d'absinthe et de miel.

Un nœud de fleurs se mêle aux fers qui nous enlacent,
Pour vieillir parmi ceux qui passent
Tout homme est content de souffrir.
L'éclat du jour nous plaît; l'air des cieux nous enivre.
Je rends grâce au seigneur, c'est le bonheur de vivre.
Qui fait la gloire de mourir.

(*Odes et ballades.*)

22 — 1844 — « La Statue », pièce des *Rayons et des Ombres*.

23 — 1852 — Victor Hugo écrit à M. d'Argout pour repousser la pension de deux mille francs que Louis XVIII lui avait donnée, maintenant que le gouvernement paraît croire que la pension vient de lui et non du pays.

24 — 1881 — Première représentation, à la Gaieté, du drame de Paul Meurice, tiré du roman de *Quatre-Vingt-Treize*.

25 — 1828 — Victor Hugo finit *Claude Gueux*.

26 — 1871 — « A qui la victoire définitive? »
(Pièce de l'*Année terrible.*)

27 — 1880 — Pose d'une plaque commémorative sur la maison où est né Victor Hugo, à Besançon.

28 — 1871 — Victor Hugo refuse de consentir au mandat *impératif* et consent au mandat *contractuel*.

29 — 1874 — « Le Mendiant » (pièce des *Contemplations*).

30 — 1813 — La famille de Victor Hugo passe sa dernière journée aux Feuillantines, avant d'aller, le lendemain, s'installer rue du Cherche-Midi.

31 — 1834 — Victor Hugo adresse une pièce de vers à mademoiselle Louise Bertin.

(Chants du Crépuscule.)

FIN

PARIS, IMPRIMERIE CHAIX (S.-O.). — 12768-3.